KB272109

# 젖은 몸에서 김이 난다

국립중앙도서관 출판시도서목록(CIP)

젖은 몸에서 김이 난다 / 신은립 지음. -- 서울 : 갈무리, 2005
 p. ; cm. -- (마이노리티시선 ; 22)

ISBN 89-86114-78-X 04810
ISBN 89-86114-26-7 (세트) : ₩6000

811.6-KDC4
895.715-DDC21                    CIP2005000752

# 젖은 몸에서 김이 난다

신은립 시집

갈무리

차례

**제5부**

제1부

소만 지나 비 그친 뒤


몸 무거워진 나뭇가지 휘청 휘어
사람의 지붕 위로 내려왔다


철 이른 불볕더위 피해
낮게 엎드려 책을 읽다가
낮게 엎드린 나뭇가지에
이마를 부딪친다


부딪친 이마에서 연초록 잎새 돋아나
찰찰 흐르는 개울물 소리 읽는다

홍수


등을 포갠 산 위로
잿빛 하늘 무겁게 가라앉았다
졸졸 흐르던 도랑물 겁나게 불어
넘칠 듯 터질 듯 아래로 치달려 간다
도랑 둑 산나리꽃 뿌리가 뽑혀
흙탕물 속으로 자맥질한다
나도 팔다리를 비틀며
넘칠 듯 터질 듯 아래로 간다
아아우에오
자궁이 벌어지고
양수가 터지고
한 생명 세상에 던져지듯
산나리꽃 낯선 기슭 꽉 움켜쥐고
새 삶의 터전 잡으면 좋겠다
아아우에오
진통을 앓는 산모의 머리 위로
굵은 빗방울 쏟아진다 쉴 새 없이

## 다시 해운대


올해 스물한 살 딸아이 손잡고
해운대 모래밭 걷는다

철썩
철썩
밀려왔다 밀려가는
파도 앞에 처음 왔을 땐
중학생이었다, 나는

이젠 젊다곤 할 수 없는 나이
딸아인 어느 소설가가
바다는 올 때마다 더 커지는 거라 했다며
노을을 물고 부서지는 파도를 찍고

아깝지 않다
내 손가락 사이사이
모래시계로 흐른 시간들

## 눈은 내리고

구기 반찬가게에서 도토리묵을 사는데
하나 둘 흩날리던 싸락눈이
함박눈 되어 수북수북 쏟아진다

흰 눈발 사이로 한없이 걸으면
눈싸움하던 어린 시절로 돌아갈 수 있을까
반찬거리 손에 쥔 중년의 아낙이
괜스레 멍해지던 날

## 포장마차에서

떡볶이와 어묵에서 뜨거운 김 설설 피어오르고 소주 몇 잔
에 얼굴 붉어진 중년의 남자 혀가 꼬부라진다 희망이 없어
꿈도 없어 내 나이 내일 모래면 쉰이야 믿고 마음 털어놓 친
구 한 놈 없어 모두 못 잡아먹어 아우성이야 아이들? 제 방에
틀어박혀 소가 닭 쳐다보듯이 해 마누라? 술 취해 들어가면
망가진 고물 취급해 인생 다 살았어 좌판 너머 흰머리 듬성
듬성 잔주름진 눈가 포장마차 주인 아줌마 웃는다 갑장은 나
보단 팔자 좋구먼 남편 먼저 보내고 자식들 공부 뒷바라지하
는 나보단 등 따씁고 배부르구먼 오고가는 얘기 들으며 순대
한 접시 먹고 나니 알싸한 소주 한 잔에 담배 한 개비 배우고
싶다

# 아이들 자라 집 떠나고

창문으로 들어오는 햇빛 밝아도
어두운 안방
귀가 어두워졌는지
웅웅 울리도록 텔레비전 틀어놓고 잠든
남편 넓은 등에 번진
희고 푸른곰팡이

암탉


시조새였을 땐
커다란 날개로 여러 남편 품을 수 있었다
여왕 눈에 들기 위해
여러 남편들, 창을 만들고 칼을 만들어
피비린내 나는 싸움
아비 다른 아이들도 어른이 되면
내 편 네 편 등 돌려 싸움질


머리 싸매고 걱정하는 동안
펼 때마다 산맥 하나 덮이던 날개가
자꾸 짧아졌다


이제 시조새는 없다
어쩌다 화석으로 만날 수 있을 뿐


암탉이 된 시조새는
뒤뚱뒤뚱 걸어
병아리를 어린이 집에 맡기고

컴퓨터가 있는 일터로 간다
짧아진 날개로 품을 수 있는 건
늦은 밤에 만나는 어린 병아리와
깃털 빠진 수탉 한 마리

# 어미가 된다는 것

아파도 이를 악물지 말아라 풍치가 되어 고생한다 온 신경
줄이 바짝바짝 조여드는 고통을 이빨 악물지 않고 참아내기
란 쉽지 않았다 정신을 잃어버리면 아기가 죽어요 간호사의
안타까운 말에 악착스레 밀어낸 내 힘이 아닌 어미의 힘 미
역국 먹고 축 늘어져 잠이 들면 아득한 동굴 속으로 자꾸 가
라앉았다 비명을 지르고 싶어도 혀가 굳었다 가위에 눌렸다
가도 깜짝 놀라 난 혼자가 아니지 살아야 해! 땀에 흠뻑 젖은
몸 일으켜 아기를 보듬으면 창문 틈으로 들어온 눈부신 햇살
이 낯설다

눈에 밟히는


　먼 나라 여행 앞둔 가을은 보따리 보따리 싸고 싶은 게 많
단다 오솔길 옆 한창 꽃망울 터뜨린 벼룩나물, 뒤늦게 올망
졸망 열린 방울토마토, 갓 심은 상추, 열무, 배추 두고 떠나
면 겨울의 매서운 추위에 얼어버릴 여리디 여린 것들 뿌리를
캐 가져가면 보따리 속에서 죽어버릴 것들

부고가 와도 놀라지 않을


돼지 사료 챙겨주고
떨감 한 입 베어 물다가
사료 창고 앞 마당을 보니
어미 없이 외톨이로 떠돌던 고양이
꼭 감은 눈 주위에 쇠파리들이
좋아라 티 쓸어 놓았다

구역질도 잠시
텃밭 감나무 밑에 고양이 묻어 놓고
먹던 감 다시 베어 문다

## 미안해


우물가 향나무 무성하던 가지
둘 남기고 몽땅 잘려나가니
드문드문 핀 노란 영춘화 꽃잎에
햇빛 환하다

향나무 뭉툭한 팔뚝 올려보며
영춘화는 미안해 미안해
아니야 햇빛 막아 미안해
향나무 남은 가지 흔들흔들

## 여행용 티슈


아궁이 앞에 쏟아놓은
종이 뭉치 태우다
여행용 티슈에 손이 멈춘다
얌전하게 접힌 비닐 껍질 속
하얀 속살
차곡차곡 접힌 주름 펼쳐들고
일없이 얼굴을 훔치다
음
난
지금 기차를 타고 있어
창 밖엔
노을이 지는 낙동강이 있어
음
부산역에 내려
동해남부선 기차를 탈거야
해돋이도 보고 일몰도 볼 수 있는 곳
다람쥐 쳇바퀴 돌듯
돼지막에서 방으로 방에서 개집으로

돼지도 나도 개도 갇힌 삶
인공의 꽃향기 풀풀 날리는 여행용 티슈가
달아준 상상이라는 날개
꽃 다 진 겨울 한복판 아궁이 앞에서

## 한겨울 빨간 꽃이


해묵은 마디선인장은
가지가 부러지고 썩어
여름 내내 마당 한 구석에서
눈칫밥 먹었다

무서리 올 때
살아 있는 생명이라
버리지 못하고
바람막이 통유리가 있는
마루 바닥으로 옮겼다

11월이 다 갈 무렵 축 늘어진
선인장 가지에서 빨간 꽃눈 터진다

줄기는 뭐가 뜯어먹었는지
이빨자국 움푹한데
통유리로 들어온 햇살 흠뻑 머금고
꽃 하나 지고 나면

꽃 하나 다시 피우는
한겨울 마디선인장 화분

마루 전축 위에 올려놓고
잠시 눈멀어
귀한 인연 함부로 버리진 않았을까
돌아본다

제2부

# 영남루 다리 위에서


할머니가 아기에게 과자를 쥐어주자
엄마 등에 업힌 아기는
몇 발짝 떨어진 할아버지 향해 몸 비틀어
과자 내민다
할아버진 합죽한 입매로
고맙소 고맙소

참 오랜만이다
삼대가 함께 걷는 모습

다리 아래 남천강 굽어본다
연어가 먼바다에서 돌아오진 않았을까

# 나무가 있는 풍경


수백 살이라 하지만
언제 누가 심었는지 모르는
무안면 동산리 홰나무

긴 장마 속에서 무엇을 생각했을까
교통사고로 껍질 벗겨진 둥치며
하늘을 받쳐 올린 가지마다
짙푸른 이끼 무성하다

살아 있는 나무라 하기엔
죽은 가지가 많고
죽은 나무라 하기엔
드문드문 잎새 달린 가지가 쑥스러운 나무는
빗물에 부푼 껍질
이끼들에게 주고
주름 많은 가지 위론 까치집 얹어놓았다

까치집 몇 발짝 비껴선 곳에

짧은 치마 입은 아가씨,
멀리 떠나는 버스 기다리고
전경부대 외박 나온 젊은이가
아가씨 주위 맴돌다
먼저 떠나는 버스 탄다

나무와 함께 늙은 식당과 다방, 노래방
빛바랜 상가 건물 어디에선가
젓가락 장단 맞춘 유행가 한 소절이
오가는 사람들 귓전에 향기롭다

## 내일동 뒷골목에서


지지배배 지지배배 소리에
고개 들어 하늘을 보니
몇 년 동안 보지 못한
제비 한 마리 전깃줄에 앉아
인사를 건넨다
차 한 대 겨우 다닐까 말까한
꾀죄죄한 좁은 골목
지지배배 지지배배 연초록 바람 한 줄기
능소화 꽃잎을 흔들고 간다

# 밀양 장날

시외버스터미널 앞 골목
큰길에 가득 찬 차들의 빵빵거림 사이로
무명 바지저고리 입은 엿장수
이박사 메들리 틀어놓고
겨울하늘 쨍강쨍강 잘라
좌판에 얹어놓았다
무릎 깁고 어깨 기운 옷
엉덩이 흔드는 서툰 몸놀림
입술을 빨갛게 칠한 촌스러움 모두 정겹다
오일장 꽉 메운 사람들
물건을 사거나 거스름돈 주고받으며
반짝이는 눈망울
나도 눈망울 반짝이며
허리와 엉덩이 흔든다 신난다

## 은행나무 아래서

바래미들* 논에 농약 치는가 했더니
마을 아낙네들 치마 두르고
은행나무 밑에 앉아있다
재앙골 저수지 위 콩밭 매는가 했더니
살랑살랑 부채 흔들어 더위 식히고 있다
검게 그을린 얼굴
모자 쓰고 수건 두르면
남잔지 여잔지 두루뭉실한 허리
차려 입은 옷이라야
흰 모시적삼에 주름치마
여러 해 손때 묻은 옷
동전 따기 윷을 던져 과자를 사먹고
누구네 집 나락 농사가 실하더라
깨 농사 비둘기 땜에 망쳤다는 하소연
비둘기를 쫓으려면 은박지 줄에 매 놓으면 되고
노루 내려오는 논두렁엔
머리카락 뭉쳐 달아 놓으면 효험이 있다더라
농사 애기 그만 하고 부녀회 놀러 가는 거 의논하자

조그만 나라 가 봐야 구경은 다 한가지니 아무 데나 가자
동장 댁은 막내 며느리감 인사 왔던데 참하더라
우리 조카는 서른 넘기고도 짝이 없으니
누가 중매 좀 서라는 부탁까지
온 동네 살림살이 다 펼쳐 놓은
은행나무 밑 돗자리


* 바래미들 : 밀양시 청도면에 있는 들 이름

# 옛 집 헐며

불 때는 아궁이 헐고
가스레인지 들이고도
여기가 아니면 저기가 고장나던 집
고등학생이 되기도 전에
떠나고 싶었던 집

시골 떠나지 않겠다는
어머니 위해
헌 집 부수고 새 집 지으면
내 어깨에 짊어진 어머니,
벗을 수 있을까?

너거 아배는 아홉 남매 맏이로 태어나
꼴머슴으로 잔뼈가 굵었제
새 집 지어놓고 얼마나 좋았던지……

육이오 전쟁통에 아이를 낳고
부황든 몸으로 우물에서 물긷고

길쌈으로 옷 만들던 삶이
포크레인 삽날이 움직일 때마다
풀썩 풀썩 주저앉더니
자욱한 흙먼지
집 한 채 진다

# 오뉴월 고무장화

─수현님에게


막노동하다 왔다는 그이는
무릎까지 올라오는 장화를 신고 있었다
은수꽃집을 한 바퀴 둘러보는 눈동자에
아주 잠깐 이슬이 맺혔다
푸성귀 같은 아내를 생각했으리
아마 그이의 아내는
어린 딸을 등에 업고
모가 자라는 논두렁에 하염없이 서서
개망초꽃이 예쁘구나
오랜 감기로 여윈 몸 바람에 흔들리고 있겠지
아니면 호미 잡고 밭 매다 아이 칭얼거림에
그래 집에 가자 잠깐 일손 멈추기도 하겠지


"누부요 나 먼저 갈라요"
철렁철렁 걸어가는 오뉴월 고무 장화

## 병아리를 옮기고

세상에 태어난 지 사흘도 안 된 병아리
상자에 담아 옮긴다

닭집에 불이 나
물에 흠빡 젖은 병아리를 아재들이 옮겼다
다 죽을 줄 알았는데
털 마르니 삐약거리며 일어나 물 먹고 밥 먹는데
생명이 참 신기한 기라 참 고마운 기라 하시는
친정어머니

새로 꾸민 닭집에 옮기고 집으로 오는 길
방공호 속에서 엄마 품에 안겨 우는 아이들 울음소리
환청으로 겹치고
불길 속에서 삐약비약 울었을
병아리 소리 귓가에 쟁쟁하다

# 복이 언니

아버지 일찍 여의고
중학교 친구들 고등학교 다닐 때부터
공장 삼교대 근무 서른 해 넘도록 하고 있다

아이들 다 크고 살림도 알차니
공장 나가지 말고 좀 놀지 그러노
야야 일 할 수 있을 때 일해야지
기계를 세워두면 녹슬어 고철 되듯이
사람의 몸도 놀면 망가지는 기라

돼지막 일에 지쳐 몽땅 엎어버리고 싶은 날이면
활짝 웃던 언니 붉은 잇몸과
이마의 커다란 사마귀 그립다

## 안내원

청도교 다리 고치는 공사판에
길 안내를 맡은 청년이 왔다
손을 호호 불며 흔드는
가지 마시오, 가시오 빨간 신호등

굳은 얼굴로 지나다니는 것도 하루 이틀
낯이 익어 아침저녁으로 꾸벅 꾸벅
인사를 하니 청년도 인사를 한다

둘째가 버스를 놓쳐 못 만나고
모닥불로 갔다

버스 지나가는 거 못 봤어요?
버스 지나갔어요.
여학생 내리는 거 못 봤어요?
아무도 안 내렸습니다.
막차 타고 오는 모양이네.
어느 동네 사십니까?

마네킹 같던 청년이
이웃으로 다가온 날,
사람살이가 모닥불처럼 따스했다
그 뒤 싱긋 웃기까지 하는 청년이
다음 공사판은 어디로 옮겨
밥벌이를 할까 안쓰럽다

# 남명댁

간경화와 당뇨 든 몸에
깡소주 붓던 남명양반
선산에 묻고
마당 한 귀퉁이 콩타작 하던 남명댁
잘 있어라 인사 한 마디 남기지 못하고
이삿짐 실은 트럭 따라 갔다

지아비 같은 집
벗어 놓고

# 남명댁 휴가

그 동안 잘 지냈느냐며 웃는 남명댁
얼른 마루에 앉히고 복숭아 깎는다

삼랑진에 있는 학교 신축현장 식당
새벽 네 시 반에 출근해
저녁 일곱 시에 퇴근한다는 남명댁
사흘 휴가 받아 제일 먼저 온 곳이
지아비와 살던 둑안동네

논일 밭일 고생만 실컷 하다가
지아비 죽고
일자리 얻은 곳이
공사판 백오십여 명
하루 세끼 밥과 중참 치닥거리

허리 펼 틈 없이 반찬 만들고 상 차리고
설거지하며 늘 보고 싶었다는
남명댁 말이 짠해

딸아이 시집보내고 나면
식당일 그만두고
둑안에서 같이 살자 덕담 나눈다

# 가을 편지

형님 집으로 가야 할 편지가
잘못 와 들고 갔다

태풍 그친 하늘에서 쏟아지는
차랑차랑한 햇살이 나보다 먼저 걸어가고
단풍이 들기도 전에 떨어진 나뭇잎도
햇살보다 먼저 가야 한다며 굴러가고

형님 집에 가니 어디 가셨나
대문 잠긴 집
담 밑에 핀 분홍과 하양 코스모스들이
한들한들 웃으며 같이 놀잔다

형님 우체통에 편지 담아놓고
코스모스와 햇살, 낙엽
귀뚜라미 노래까지 어울린 꽃밭 한참 바라본다
형님 대문 앞에서 내가 받은 편지는
겉봉투가 없다

묵언정진


한겨울 세찬 바람이
흙먼지 생생 끼얹어
얼굴 찡그리며 뛰다시피 걷는데
역과 버스 종착지 사이 골목길
어쩌자고 전 펼쳤을까
간이 진열대 장대에 높이 걸린
색깔도 알록달록한
내 어릴 적 입었음직한 잠옷들
바닥엔 '빤스 삼천 원'이라 적어놓고
푹 눌러쓴 모자 아래
동글동글한 얼굴이
사가라는 말도
구경하라는 말도 없이
벙긋 벙긋

# 넌 밤에 뭐하니


시간당 얼마 받는 아르바이트일까
재택근무 월 백만 원 이상 보장일까
메일을 열면 우루루 쏟아지는
낯뜨거운 성인홈페이지 광고물
멋진 여자 알몸 있어요
폰팅, 여배우 누드 사진
유럽에서 준비한 본격 포르노 사이트가 한국에 상륙!
지우면 지울수록 넌 밤에 남편이랑 뭐하니
컴퓨터 앞에 앉아
스팸메일 보내는
네모난 얼굴이 궁금하다
넌 밤에 뭐하니

# 우포늪

우포늪 전망대 노란어리연꽃 사진 앞에 섰을 때
전망대 지킴이가
절룩절룩 절며 온풍기 쪽으로 간다
이마에 잡힌 주름살과 거친 손등이
절룩거리는 걸음 따라 좁은 전망대 한바퀴 돌다
의자에 털썩 앉는다

저 지킴이는 오늘 하루 전망대 바깥으로
몇 발짝 벗어났을까?
망원경에 담긴 기러기,
살얼음 낀 물 위 박차고 나르다 다시 앉는다
우포늪 기러기는 눈벌판 시베리아 그리울까
저 지킴이는 번잡한 도시 그리울까

해 지겠다 가자
아이 손 잡아끌며
전망대 산길 내려오는 내 걸음
절룩거린다

# 제3부

## 경대 산수유꽃

새내기 딸, 기숙사에 두고
혼자 집에 가자니
산수유 꽃망울 얼룩집니다
냉정산 부산실전 아래
자취방 차려주고 눈물 삼키던 어머니께
어서 가시라 하던 때가 엊그제 같은데
내 몸을 포기나누기당한 듯
한 삶을 떼어놓고 가는 길
걱정말고 어서 가시라
산수유 꽃망울 고개 숙입니다

딸


어느 새 스무 살
내 옆에 누워 텔레비전 보다가
엄마, 나도 모유 먹고 컷나?
너거 셋 중에 모유 안 먹은 아는 없다!
안 믿어진다며 가슴팍 파고드는
덩치 큰 딸아이 징그럽다
내 몸으로 낳았지만
내 몸이 아닌
나완 다른 삶이 여자 냄새 풍기며
어리광을 부린다

## 밥상에 앉아


배추 조리개*에 밥 비벼 먹던 남편이
갑자기 전화를 건다
은영아, 아빠는 조리개하고 밥 먹고 있다
니는 뭐하노
엄마 바까주까

아이들 크니 다섯 식구
한 밥상에 앉아
밥 먹는 일 드물다

오랜만에 둘째와 막내 거느린 밥상
대구의 큰아이
전화로 불러 앉혀놓고
세상에서 제일 맛있는
밥
먹는다


* 조리개 : 겉절이

## 모임 끝나면

밀양문학회 모임 끝나 깊은 밤
옷 갈아입기 바쁘게
일터에 간다
어미돼지 사료 챙겨 주고
아픈 곳은 없나 바라보다
개밥 챙긴다
어미 밥그릇에 붙어
꼬리 살랑살랑 흔드는 이쁜 것
몸은 고달파도
초롱초롱 맑은 별빛이
집 떠나 공부하는
두 딸아이 눈망울 같은 밤

## 아들 녀석 끌어안고


중학교 2학년 아들
다음 주엔 서해대교로 여행 가는데
서랍을 아무리 뒤져보아도
입고 갈 옷이 없다

누나 둘 옷 사줄 때마다
너는 체육복과 교복 있으면 되지
돈 몇 만원 아까워 그냥 넘겼으니

십만 원 들고
시내 나가
잠바와 바지 윗도리 오만 원
신발 이만 원
새 옷 입고 새 신발 신은 아들
촌티 벗고 인물이 훤하다

새로 산 옷하고 신발이
마음에 든다는 아들 녀석 끌어안고

새벽녘까지 잠 이루지 못하고……

## 가난한 밥상


아이야, 아랫돌 뽑아 윗돌 괴고
윗돌 뽑아 아랫돌 괴는
어미가 지은 밥 먹어라
여린 뼈마디 쑥쑥 키우며
생각의 우물 깊게 파는 밥
쌀독 비어도
돈 많은 사람보다
시 잘 쓰는 시인이 부러운 어미가
지은 밥
많이 먹어라

## 잔소리를 랩음악으로


네 미래는 부모 손에 있단다
말 잘 듣고 공부 잘하면
네가 원하는 걸 가질 수 있어
넌 아니요라 말하면 안돼
무조건 예 해야 해 알겠니
학교다녀오면학원가라과외하라
중간고사기말고사중간고사기말고사수행평가봉사활동
국어영어수학도덕사회음악미술체육등등다잘해야해
컴퓨터하지마라책읽지마라문제지풀어라
엄마 잔소리에 맞춰맞춰
몸을 흔들며 흔들며
총을 쏘고 칼로 찌르고 찌르고
괴물을 괴물을 죽인다

# 아들아

잠자리에서 일어나자마자
밥상 앞에 앉은 아들을 보며 교복을 다린다

한 술 먹고 꾸벅꾸벅 한 술 먹고 꾸벅꾸벅
남기지 마라는 잔소리에 밥그릇 비우고
엄마 오 분만 더 자고
오 분만 더 자고 세수하고 옷 입을게
이부자리에 다시 눕는 아들은
오늘부터 기말고사

한 개 틀리면 몇십 등 밀려나는 고등학교 일 학년
피 말리는 내신
아들아!
어미가 네게 줄 수 있는 건
다림질 끝낸 교복밖에 없으니 어쩐다니
이 뜨거운 옷 입고
어서 학교 가 시험 잘 치고 오너라!

## 누굴 닮았나

엄마, 참 이상해
어떤 사람은 날 보고 아버지 쏙 닮았다 하고
어떤 사람은 엄말 쏙 빼닮았다 하네

병원에 입원해 있는 동안
집안 살림 살고 돼지막 일 거든
고등학교 졸업반 민영이
퇴원한 엄마 옆에 누워 그거 참 이상하단다

아버지랑 같이 서 있으면
아버지랑 닮았지
엄마랑 서 있으면 엄마랑 닮았지
언니와 함께 있으면 쌍둥이라 하면서도
언니는 엄마를
나는 아버지를 닮았다 하니 헷갈리네

글쎄 엄마도 참 헷갈리네
우리 민영이 날 닮은 것 같기도 하고

아버지 닮은 것 같기도 하고
다리 밑에서 주워온 것 같기도 하고

# 아버지

수화기 저 편에서 들려오는 어눌한 목소리

조-시-ㄹ-아 은여-ㅇ이
대학 합격 추-ㄱ 화 하-ㄴ다

중풍으로 팔다리가 마비된 것보다는
언어장애가 불행 가운데 다행이라 말하지만

조 시-ㄹ 아
기분 조아 술 먹었다

예, 아버지
목이 메여
수화기를 들고 눈물을 삼킨다

# 어머니

수박을 많이 먹은 날, 배탈이 났다
화장실 들락거리며 끙끙 앓다가
살풋 잠이 들었던가

누가 배를 살살 만지더니
웅크린 등 두드리고
손가락 실로 묶어
바늘로 콕 찔렀다

아침밥 안치는데 전화가 온다
어디 아픈데 없나
어젯밤에 니가 아파 걱정하는 꿈 꿨다

## 후사포리 61번지

농장주 여석 신영오
농장 안주인 이성달
밀양시 부북면 후사포리 61번지 동아축산
부모님이 서른 해 넘게 몸담고 계신 주소인데요
여름밤에 이층 난간에 서면
포도농사 많이 짓기로 소문난 곳이라
코를 찌르는 포도향기와 저 멀리 손에 잡힐 듯
밀양시내 반짝이는 불빛 참으로 아름답지요
아래층 이층 분주하게 오가던 아이들 다 떠나고
두 분만 외로이 남았는데요
외롭지 않으냐, 아들과 같이 살지
누가 뭐라 하면요
일해야 살맛이 난다네요

# 말싸움

　시집 내고 난 뒤 남편은 말싸움만 하면 그러고도 시 쓰냐
한다 그래 당신 마누라 시 쓰는 사람이라 유감 많겠네 어쩌
다가 팔자 좋아 시 쓰는 마누라 만났누 톡 쏘아붙이고 뒷산
에 올라가면 한 발 한 발 올라갈 때마다 조금씩 작아지는 내
집과 돼지막 소나무 사이에 앉아 뭐 때문에 말싸움했나 따져
보면 잘한 것도 없고 못한 것도 없고 부부싸움은 칼로 물 베
기라 했는데 그만 내려가 늦은 점심상 차려야지 꽃잎 막 벌
어지는 진달래 꺾어들면 남편이 사랑스럽기도 한 것이 이것
도 시가 되긴 되겠구나 혼자 웃으며 내리막길 바삐 걸어 집
으로 가는데

## 부부는

언제부터인가 안방에 이부자리 둘 펼친다
싸움이라도 할라치면 요 둘 사이는 더욱 벌어져
찬바람 씽씽 부는 눈벌판이 되기도 하고
주말에 딸아이 오면
베개를 들고 작은 방으로

남편은 돼지 사료 값이며 아이들 교육비며
돈 걱정 보듬고 자고
나는 잘 풀리지 않는 시를 부둥켜안고 자고
한 지붕 한 가족이면서 너무 다른 남편과 나
말싸움이라도 할라치면 겁도 없이 튀어나오는
그래 그만 갈라서자 갈라서
그러면서도 끌어안고 자기도 하는 참 오묘한

# 사이

갑자기 전기가 끊어졌다
마루에 아이들과 이불 펴고 누웠다
냉장고 돌아가는 소리 멈춘 마루를
아이들 숨소리가 채우고
전깃불 나간 천장엔
창문 틈으로 들어온 달빛이 밝다

제4부

## 새끼 돼지 받는 밤


밤 열두 시 너머
어미 돼지 옆에 사료포대 깔고 앉아
새끼 돼지 받는다
한 마리 낳고 한참 쉬고
또 한 마리 낳고 한참 쉰다

열두 마리 받아 놓고
졸음이 몰려와 무릎에 얼굴 묻고 자다가
흥얼흥얼 노래 부르니
귀뚜라미 귀뚤귀뚤 따라 부른다

다리에 쥐 내려 몇 걸음 걷다 다시 가니
태 보자기 덮어쓰고 나오는 늦둥이
얼른 태 보자기 벗기고
뒷다리 들고 흔드니
켁켁 양수 토한다

먼저 태어난 새끼 모두

보온통에서 꺼내어
어미 옆에 놓으니
세상이 신기한지
여기저기 걸어다니다가
밀고 밀치며 젖꼭지 입에 문다

축 늘어진 어미돼지와 갓난 돼지 쓰다듬다
돼지막 나서니
어둡던 동녘 하늘 희뿌연하다

## 설날 밤


돼지막에 모닥불 피우고
새끼 돼지 받는다

젖은 나무 타는 연기가 매웠을까
지붕에 쌓였던 눈 녹아 흐르는 소리
똑 똑 똑

갓 낳은 새끼들, 어미젖 물려놓고
마당에 쌓인 눈 뽀드득 밟으며
문 열고 들어가면 아이들 웃음이 있고
따뜻한 아랫목이 있고
지금 내 앞엔
발목이 푹푹 덮이는
하얀 눈

## 어느 변강쇠가

이건 해도 너무하네요
설날 밤부터
우리 어미 돼지들, 밤마다 몸 푸는데요
하필이면 밤마다요
한 마리도 아니고
어젠 두 마리 오늘은 세 마리
또 젖 퉁퉁 불어 내일이나 모래 몸 풀 어미들
낳았다 하면요
열서너 마리 씩 낳아 돼지막에서 하루도 아니고
근 일 주일 잠 제대로 못 자고
새끼 받으랴 갓난 돼지 돌보랴
이리 뛰고 저리 뛰니
속 쓰리고 어지럽고 허리 아파
어미야, 제발 오늘은 잠 좀 자자 하면
밤 한 시에 떡하니 양수 터져요

도대체 어느 변강쇠가
하루에도 몇 번씩 짝 바꿔가며

일 치렀나 싶어
우리 집 수퇘지 흘겨보니
아 글쎄 이 녀석이요
또 암퇘지 졸졸 따라다니네요
한 대 걷어차 버릴까 하다가
나보다 몇 배나 더 큰 덩치가 무서워
끽소리도 못하고 구경만 하지요

## 고법농장 아침

막내 학교 보내고
안개 자욱한 마을길 걸어
돼지막 간다

만삭인 어미 돼지
퉁퉁 분 젖을 끌며
바닥에 깔린 톱밥 파헤치고
그 옆 칸 돼지들은
옅은 어둠 속에 가지런히 누워있다

놀라면 구석으로 우당탕 몰리는 돼지들
살금살금 한 바퀴 돌아보고
이슬이 발목에 감기는 잔디밭을 지나
분만실에 가면
뿌리들이 땅 속 깊은 물을 끌어 올려
가지를 키우듯
어미 돼지들, 새끼 불러 젖먹이는 소리
꿀꿀꿀꿀

저물 녘


돼지 저녁 밥 주는데
반찬 파는 트럭 왔다

얼른 돈 챙겨 뛰어가
달걀과 고등어 콩나물 사 들고
팔방동 저수지 방죽 위로
저무는 노을 본다

반찬거리 부엌에 두고
돼지막에 가
옹기종기 모여 잠 청하는 돼지들 둘러보고
동구 밖 바라보니
초등생 아이 둘,
시내 아파트에 두고 왔다던
반찬 파는 트럭 보이지 않는다

# 누구 덕에

깊은 밤, 보일러 고치는데
어미막에서
새끼 돼지 가냘픈 울음 들린다

엄동설한 이 추운 날
미리 알리지도 않고 새끼를 낳은 어미를 탓할까
알뜰살뜰 살피지 않은 내 게으름을 탓할까

부랴부랴 전깃불 밝히고
작은 생명 안아든다
다섯 마리는 살았고
세 마리는 어미들에게 깔려 죽었다

겨우겨우 새끼 낳은 어미
분만틀에 올리고
새끼는 보온통에 넣었다

어미, 젖 주물러 눕히고

어린 생명 젖 먹는 모습 보며
죽은 새끼들에게 미안하다

누구 덕에
따스한 밥 먹고
누구 덕에 시를 쓸까?

## 강아지 젖떼기

첫 배인데 강아지 여덟 마리를 낳은 어미 개
큰 키와 쫑긋한 귀 날씬하던 허리 이쁘던 몸매
강아지 여덟 마리
한 달하고도 보름 젖 빨리고 나니
축 늘어진 젖가슴엔 피딱지가 앉고
통통하던 등은 여윌 대로 여위어
등뼈가 몇 개인지 마디마디 흉물스럽다
내버려두면 어미가 죽을 것 같아
다른 집으로 옮기는데
내 두 팔에 안긴
어미 개의 심장이 두근두근 뛰고 있다
목을 쭉 빼고 강아지 있는 곳 바라보며

# 개밥그릇

손잡이 떨어진 냄비
부엌에서 뒹굴다가
개밥그릇 되었네
이빨에 자근자근 씹혀
울퉁불퉁 못생겨도
배불리 담을 수 있다네
아직은

개밥그릇

# 누구에게 물어볼까

비명소리에 놀라 가 보니
돼지 한 마리
온몸이 마비되고 헐떡거리다
숨이 멎어 버렸다

다음 날 아침나절
또 한 마리
손 쓸 틈 없이

죽은 돼지
솥에 넣고 불을 지핀다

어디에 죽음이 있는지
누구에게 물어볼까
이 고요한 풍경 어디에

# 잃어버린 시

좋은 시상이 떠올라
컴퓨터 앞에 앉았다

배경으로 깔아놓은
노래 사이로
우당탕 꽤엑 꽤엑
돼지막부터 갔다 올까?
한글에 저장 못했으니
다 하고 나갈까?
망설이는 사이
비명 소리 더욱 커진다

돼지막에 가니
힘 센 돼지 여러 마리가
약한 돼지 한 마리를
이빨로 물고 발로 밟고 있다
늦게 나왔으면 세상 떠났겠네

홀로 있을 칸 만들어 주고
돼지 똥 묻은 손 씻고
컴퓨터 앞에 다시 앉으니
가득 차 있던 시상, 다 흩어져
시가 풀리지 않는다

밥맛


한파 주의보 내린 날, 점심밥 거르며
돼지막 얼어붙은 물관 녹이다 지쳐
털썩 마당에 주저앉아 버렸다

녹여봤자 해 지면 다시 얼 거 앵돌아앉았다가
빈 물그릇 빠는 돼지들 목마름에
마른 대나무 한 아름 안아다 물 한 솥 끓이고

뜨거운 물에 담그고 불질러 녹이고
드디어 오후 세 시
젖배 곯은 아기처럼 밀고 당기며 물먹는 소리

휴우 한숨도 잠시
어미 죽고 일찍 젖 떨어진 강아지 늦은 점심밥 주고
돼지들 사료 주고
감기 걸린 개는 주사 주고
방에 들어갈 틈 없이
다리가 아프도록 종종걸음

오후 일곱 시
일 끝내고 들어와 먹는 밥맛은 꿀맛

아무도 모르리


개똥 치우고
돼지 사료 주고
어미 질에 팔뚝까지 밀어 넣어
갓난 새끼 꺼낸 뒤
쌀 씻고 설거지하고
냉이 캐고
양수 묻은 손
개똥 묻은 손
돼지 젖 묻은 손
나물 무치면
고추장 참기름 간장으론 낼 수 없는 맛

# 젖뗀 돼지

대구서 공부하는 두 딸
금요일에 와 일요일에 갔다
방에 벗어둔 옷가지들
옷걸이에 걸 건 걸고 씻을 건 세탁기에 넣고
돼지막에 가니
어제 젖뗀 어미 돼지
새끼를 품고 싶어 울고
새끼는 새끼대로 울고
사람도 돼지도
젖 퉁퉁 부푼 저녁
노을이 진다

## 돼지막에 톱밥 까는 날


잦은 비에 누울 데 없이 질던
돼지막에 톱밥 깔면
몸이 근질거리던 돼지들
좋아라 뒹구는 놈
발로 차 올려 등에 끼얹는 놈
톱밥 자루 물고 흔드는 놈
내 다리 꼭 깨물어
시퍼런 피멍 남기는 놈
물린 다리가 아파
나머진 내일 하자 하다가
개구쟁이처럼 뛰고 뒹구는 모습에
무거운 톱밥 자루 다시 든다

# 제5부

## 기가 차서


아랫담에서 메아리치는 마이크 소리
아무리 들어도
늘 듣던 소리가 아니다
동구 밖 당산 나무에 등 기대고
가만히 들어보니

소오 사암니다
어미 소 사암니다
송아지도 사암니다

IMF, 구제역, 생우 수입
앞길이 캄캄했던 농민들
암소에 새끼 넣지 않고
고기 소로 없애버렸으니

골목골목 텅 빈 외양간 휘돌아 가는 소리
소오 사암니다
송아지도 사암니다

# 원추리

돼지막 옆 꽃밭 원추리 위로
쇠로 만든 칸막이 넘어졌다

갓 낳은 돼지, 양수 닦아 보온통에 넣고
시간 맞춰 어미젖 먹이며
부러진 꽃대에 눈길 오래 머문다

# 만나는 사람마다

들판에 외떨어진 집 한 채
딸 하나 아들 하나 배필 찾아
서울로 어디로 보내고
아주버님과 형님 두 분만 사시는데요
비닐하우스에 풋고추 따러 가면
만나는 사람마다
누구는 좋겠네
보는 사람 없겠다
얼라 하나 더 만들면 어떻노
이 양반 고치사 해마다 싱싱한데
질펀한 농담 흐드러지는데요
하기사 농촌 나이 쉰 몇 살이면
얼라 하나 더 낳아
키우고도 남을 나이인데요

## 청도 아이들

지난 밤 새끼 돼지 받고
이불 둘둘 감고 누웠다
엄마 곁에 누웠던 막내가
누가 부른다며 나가더니
친구 데불고 왔다

마당에 자전거 세워 두고
컴퓨터 게임에 시끌시끌한
중학생 까까머리 셋

농사일 힘들 때마다 술로 달래던
아버지 잃은 선아
부모는 부산 살고
할머니와 함께 사는 호야
비닐하우스 농사 잘못 지은 부모 두어
집마저 경매로 넘어간 환이

흔들고 싶다


청도 농협 앞
은행나무 가로수
황금빛 이파리
바람 불 때마다
수북수북 쏟아진다
단감 팔아 모은 돈으로
연체이자 붙던 대출금
갚고 나온 서울 양반이
은행나무 둥치를 흔든다
"이게 다 돈이면 좋겠지요?"
따라나온 대출담당자가
은행잎 툭툭 찬다

## 어떤 광고

청도면 구기 당숲공원에 이런 현수막 걸려 있다
필리핀 아가씨와 결혼 주선함
백 프로 성공
절대 도망가거나 사기 결혼 없음

말이 통하지 않을 테니 부부 싸움 할 수 없어요 정 답답하
면 동시통역기를 드리고 도망치지 못하게 위치추적기를 피
부 속에 심어드릴게요 자 손님, 요즘 농촌에 시집 올 한국 여
잔 없어요 조선족 아가씨들은 걸핏하면 친정에 돈 보낸답시
고 도시로 가버리지요 필리핀 아가씨야 도시로 가봐야 말이
통하지 않을 테니 절대 농촌을 벗어 날 수 없어요 혼혈아가
나오면 어쩌냐구요? 까짓 국제화 시대에 필리핀어와 한국말
잘 하는 아이 좋잖아요 그리고 필리핀이니까 큰 차이도 없어
요 자 손님, 우선 이 사진부터 보시고 한 번 골라보세요

# 파업이 부럽다

‘철도 민영화 결사반대’
어깨띠 두른 역무원들 뇌리에 남은 서울 길 다녀오니
부엌엔 설거지 밀려 있고
돼지막엔 새끼 낳고 있고
큰딸은 기숙사 가져가는 살림 사야한다며 입 나오고
서울 다녀온 죄로 힘들다 소리 못하고
설설 기다 늦은 밤
모임에서 가져 온 농어촌 여성문학을 읽는다

나도 파업을 하고 싶다
더도 덜도 말고 한 닷새쯤
밥 굶는 단식 투쟁이라도 좋으니
돼지 엄마, 아내, 엄마 다 던져 버리고 싶다

내 고용주는 누구인가?
고용주가 없기에 파업도 못하고
‘철도 민영화 결사 반대’
한없이 부럽다

# 입춘

주먹만한 양수 주머니 달고
줄에 매인 어미 소 뱅뱅 돌고 있다

경아 아버지 어디 갔는지 보이지 않고
무서워 못 보겠다는 경아 엄마
사람이 생기다 말았나 무서운 게 뭐가 그리 많노
쿡쿡 웃으며 낫으로 줄부터 잘랐다

마른 짚 안아 새끼 낳을 자리 만들어 주고
마당에 앉는다
왕방울 같은 눈 굴리던 어미 소가
마른 짚 위에 누워
더운 입김 후후 쏟으며 끙끙 용을 쓴다
이제 내가 할 일은
송아지 다리가 나오도록 앉아 있는 일

수건으로 송아지 다리를 감싸고
어미가 밀어내는 힘에 박자를 맞추며

힘껏 당긴다
엉덩이가 보이고 배가 보이더니
푹 젖은 머리 쑥 나온다

코와 입에 묻은 양수를 닦자
어미소가 일어나 제 새끼를 핥는다
볕에 누운 송아지 젖은 몸에서 김이 난다

설날


울 밑 측백나무 가지마다 참새들 앉아
어서 일어나라 어서 일어나라
검정고무신 혼자 외롭던 축담엔
반짝반짝 윤나는 남자 구두, 굽 높은 여자 구두,
아이들 운동화 얼크러져 있네요

늙으면 잠이 없어져
새벽같이 일어난 홀어머니
손주 앞세우고 동네 마실 다녀와
며느리가 차린 떡국 상 받고
영감 산소에 가네요

웃음보따리 얘기보따리 잠시잠깐
아들 내외 가고
딸 내외 가고
또 혼자 남았습니다

흥할 놈들 차라리 오지나 말지

손주 하나 떨구고 가면
할미가 키우지
얄미운 참새들만 남아
포르릉포르릉 날아다니네요

# 이웃

얼마 전 혼자 살던 할머니 먼길 떠나고
한 집 건너 빈 집
또 빈 집
새벽 안개 걷지 못한 고샅길 한참 걷다
집에 들어오면
나무 한 그루 키우고 싶다
목련나무나 동백나무 한 그루
창문에 걸어두고 말벗 삼고 싶다
나무라도 한 그루 이웃으로 맞아
니 오늘은 뭐했노
난 오늘 이런 일 했다
봄비가 왔으니
곧 감자 심어도 되겠제
어깨 토닥이며 살아야겠다

편하다


소한 추위 몰아치는 사립문 바깥 정자나무
시퍼렇게 얼어붙을 잎사귀 없으니 좋겠다
웃채도 모자라 사랑방과 천막
왁자하던 손님 다 가고
아들내외도 신혼 살림집으로 가고
무릎 시큰 허리 시큰 지친 몸
뜨거운 구들 목에 앉아
지아비가 말없이 건네주는 유자차 한 잔에
잎 져야 할 땐 져야지
품안에 것 보내야 할 땐 보내야지

# 오월 아침

반찬거리 따러 텃밭에 가면
빈 소쿠리에 먼저 담기는 건
산꿩과 꾀꼬리
멧비둘기가 짝을 부르는 소리
수탉의 홰치는 소리

토마토 옆순을 따고
풀을 뽑고
상추 잎과 열무 솎으면
손에 배는 푸성귀 냄새

온갖 새 소리와
먹을거리 가득 담긴 소쿠리
옆구리에 끼고 걸으면
대숲 사이 인동초 덩굴에서
훅 안기는 짙은 꽃내음

# 밭에서

이웃이 준 양파 모종
파릇한 줄기를
입동도 지난 초겨울 땅에 심는나

이 어린 모종이
된서리에도 얼지 않고
자신을 곧게 세울 수 있다니
한겨울 세찬 바람 속에서
새 잎 낼 수 있다니

양파 껍질 벗길 때
눈물 나오는 이유
이제 알겠다

# 무너져 내린 농촌 들녘에 서서

서정홍(시인)


　신은립 시인의 원고를 받고 가장 먼저 눈에 띈 글은 맨 앞장 약력 부분에 '밀양시 청도면에서 흑돼지를 키움'이라고 쓴 글이었다. '흑돼지 키우는 것을 아주 당당하게 드러내는 시인의 마음은 어떨까?' 나는 혼자서 이런저런 생각을 하다가 '그렇구나, 삶이 곧 시구나' 싶었다.

　"시인은 종이 위에 시를 쓰지 않는다. 풀잎과 강물, 벽과 거리, 사랑하는 사람의 얼굴, 내면의 미궁 등 삶의 수많은 지면 위에 쓴다. 이 구체적이면서 추상적인 삶의 지면에 시인은 자신의 기억과 운명과 깨달음을 정성스레 쓴다. 마치 경전에 글자 하나를 새길 때마다 부처님께 절을 올렸다는 옛 목공의 마음과 다를 것이 없다.”

　며칠 전, 김수이 문학평론가가 쓴 글을 읽으면서 신은립 시인을 떠올렸다. 남자도 아닌 여자의 몸으로 이른 새벽부터 밤늦도록, 때론 며칠 밤을 새워가며 흑돼지를 키우면서 쓴 시는 옛 목공의 마음과 다를 것이 없다고 생각했기 때문이다.


아이 서예학원 데려다 주고
시를 읽는다
시립 도서관 창문 너머
남천강 쉽없이 흐르고

-「같은 시간」 전문


죽은 새끼 돼지들
땅 파고 묻었더니

저 하늘에서
또록또록
어미 젖 빠는 눈방울

-「별」 전문

114

일은 갈수록 무거워
허리가 휘는 촌살림
돼지를 팔아도
고생만 남아
허리 팔 다리 안 아픈 곳이 없다
날개가 부러진 채 잠든 남편을
물끄러미 바라보다 불을 끈다


서름 같은 어둠에 푹 빠지며
나는 아프다

-「몸살」부분

신은립 시인의 첫 시집 『늦게 핀 꽃』에 실린 시를 다시 읽어보니 '삶이 곧 시였구나' 싶은 생각이 저절로 들었다. 시와 삶이 따로 있는 게 아니었다. 일하는 사람이 알아듣지도 못하도록 억지 말장난이나 늘어놓은 엉터리 시가 아니라, 삶이 곧 시가 되어 땀 냄새가 철철 솟아나는 살아있는 시를 읽으며 가슴이 뜨거워졌다.

시인은 첫 시집 후기에 이렇게 썼다. "첫 시집을 엮으며 하고픈 말이 너무 많습니다. 농업 경영인의 아내로 세 아이의 어머니로 농촌에 살면서 차마 눈감을 수 없었던 순간 순간들…… 소값 파동, 돼지값 파동, IMF, 구제역……" 시인의 시를 읽은 사람은 줄임표 뒤에 얼마나 하고 싶은 말이 쌓여 있는지 느낄 수 있을 것이다.

115

좋은 책은 그것을 몸에 지니고 다니는 것만으로도 몸과 마음이 맑아지고 힘이 솟아난다고 한다. 신은림 시인의 두 번째 시집 원고를 읽으면서 나도 모르게 힘이 솟아났다. 왜냐하면 일하는 사람이 시를 썼기 때문이다. 여태 일하지 않는 사람이 억지로 일하는 사람 흉내를 내어가며 쓴 시를 읽으면서, 구역질이 난 적이 한두 번이 아니기 때문이다.

우리나라에서 흑돼지를 키우며 시를 쓴 여성 시인은 신은림 시인뿐일 것이다. 이런 시인이 이 땅에 살아있다는 것은 자랑스런 일이다. 시가 조금 서툴고 매끄럽지 않아도 좋다. 시 속에 사랑과 노동이 살아 꿈틀거리면 진짜 시가 되는 것이다. 시를 쓴 사람과 시를 읽는 사람이 마음을 나누면서 함께 아파하고, 함께 기뻐하면서, 세상을 이끌어 가면 되지 않겠는가.

몸 무거워진 나뭇가지 휘청 휘어
사람의 지붕 위로 내려왔다

철 이른 불볕더위 피해
낮게 엎드려 책을 읽다가
낮게 엎드린 나뭇가지에
이마를 부딪친다

부딪친 이마에서 연초록 잎새 돋아나
찰찰 흐르는 개울물 소리 읽는다

- 「소만 지나 비 그친 뒤」 전문

이 시는 한 줄 한 줄 읽는 사람에 따라 느낌을 달리 주는 시다. 시인의 눈으로 보면 더욱 더 낮은 곳으로 내려가야 시를 쓸 수 있다고 말하는 것 같고, 독자의 눈으로 보면 사람과 자연이 함께 그린 아름다운 그림 같다는 느낌이 들기도 한다. 그냥 손으로 쉽게 쓴 시가 아닐 것이다. 자연 속에서 오랫동안 살아온 사람이라야 "낮게 엎드려 책을 읽다가 / 낮게 엎드린 나뭇가지에 / 이마를 부딪"칠 수 있기 때문이다.

"흰 눈발 사이로 한없이 걸으면 / 눈싸움하던 어린 시절로 돌아갈 수 있을까 / 반찬거리 손에 쥔 중년의 아낙이 / 괜스레 멍해지던 날"(「눈은 내리고」) 사람은 누구나 지난 것을 그리워하는가 보다. 가끔 사람들과 서러운 세상 이야기 나누다 보면 남의 서러움에 자기 서러움까지 몇 배로 쌓여 "알싸한 소주 한 잔에 담배 한 개비 배우고 싶"(「포장마차에서」)은 날이 누구에게나 있을 것이다. 그러나 시인에게는 보통 사람보다 그런 유혹이 수백 배 수천 배 많을 것이다. 남의 아픔이 곧 내 아픔으로 다가오기 때문이다.

그래서 시인은 늘 마음이 아프고 외롭고 쓸쓸한 것이다. 시인은 메마른 세상과 부대끼며 속이 곪아터진 사람이다. 그래서 시를 쓰지 않으면 살 수가 없는 사람이다.

창문으로 들어오는 햇빛 밝아도
어두운 안방

귀가 어두워졌는지
웅웅 울리도록 텔레비전 틀어놓고 잠든
남편 넓은 등에 번진
희고 푸른곰팡이

-「아이들 자라 집 떠나고」 전문

"웅웅 울리도록 텔레비전 틀어놓고 잠든 / 남편 넓은 등에
번진 / 희고 푸른곰팡이"는 무엇을 말하는 것일까? 시인의 고
된 노동이 남편 등에 나타난 것일까? 아니면 "아이들 자라 집
떠나고" 없는데 "어두운 안방"에서 홀로 잠든 남편이 애처로
워 보였을까? 짧은 시인데, 읽으면 읽을수록 가슴이 아프다.
이 시를 읽는 동안에 어느새 내 등에 "희고 푸른곰팡이" 냄새
가 난다.

시외버스터미널 앞 골목
큰길에 가득 찬 차들의 빵빵거림 사이로
무명 바지저고리 입은 엿장수
이박사 메들리 틀어놓고
겨울하늘 쨍강쨍강 잘라
좌판에 얹어놓았다
무릎 깁고 어깨 기운 옷
엉덩이 흔드는 서툰 몸놀림
입술을 빨갛게 칠한 촌스러움 모두 정겹다
오일장 꽉 메운 사람들
물건을 사거나 거스름돈 주고받으며

반짝이는 눈망울
나도 눈망울 반짝이며
허리와 엉덩이 흔든다 신난다

-「밀양 장날」 전문

우리는 이렇게 천천히 늙어 가는 것이다. 함께 늙어 가면서 이웃들이 눈에 들어오고 조금씩 여유도 생기는 것이다. 늙는다는 것은 때론 아름답기도 하지만 "포크레인 삽날이 움직일 때마다 / 풀썩 풀썩 주저앉"(「옛 집 헐며」)는 옛 집 같이 허무할 때도 있다. 그렇다고 늙는다는 것을 두려워해야 할 필요는 없다. 사람은 누구나 늙고 병들어 흙으로 돌아갈 테니까.

"돼지막 일에 지쳐 몽땅 엎어버리고 싶은 날이면" 아버지 일찍 여의고 공단 삼교대 근무를 서른 해 넘도록 하고 있는 복이 언니 생각하면서 참아내는 신은립 시인을 만나면 내가 부끄러울 때가 한두 번이 아니다.


밀양문학회 모임 끝나 깊은 밤
옷 갈아입기 바쁘게
일터에 간다
어미돼지 사료 챙겨 주고
아픈 곳은 없나 바라보다
개밥 챙긴다
어미 밥그릇에 붙어

꼬리 살랑살랑 흔드는 이쁜 것
몸은 고달파도
초롱초롱 맑은 별빛이
집 떠나 공부하는
두 딸아이 눈망울 같은 밤

-「모임 끝나면」 전문

길고 고된 노동에 지쳐 등만 닿으면 쓰러질 것 같은데 "초
롱초롱 맑은 별빛"을 쳐다보면서 "집 떠나 공부하는 / 두 딸
아이 눈망울 같"다는 생각을 하는 신은립 시인은 시인이기
전에 성모 마리아 같은 자상한 어머니다. "잠자리에서 일어
나자마자 / 밥상 앞에 앉은 아들을 보며 교복을 다리"는 부
지런한 어머니다. "이 뜨거운 옷 입고 / 어서 학교 가 시험
잘 치고 오"라고 꿈을 심어주는 어머니다.

두 딸의 어머니이면서 어머니를 그리워하는 시인의 마음
은 어떤 것일까? "아침밥 안치는데 전화가 온다 / 어디 아픈
데 없나 / 어젯밤에 니가 아파 걱정하는 꿈 꿨다"(「어머니」)
는 천사 같은 어머니가 시인의 가슴에 살아 있어 시를 쓰는
지 모른다. 사랑을 받아보지 않았거나, 사람을 사랑하고 싶
어 미치지 않는 사람은 이런 시를 쓸 수 없기 때문이다.


갑자기 전기가 끊어졌다
마루에 아이들과 이불 펴고 누웠다
냉장고 돌아가는 소리 멈춘 마루를

아이들 숨소리가 채우고
전깃불 나간 천장엔
창문 틈으로 들어온 달빛이 밝다

- 「사이」 전문

　　누구나 그렇듯이 신은립 시인도 나이가 들수록 '삶의 깊이'가 깊어간다. 고된 노동 속에서도 자연을 느낄 수 있을 만큼 성숙해진 것이다. 나이 쉰 살이면 많은 나이도 아니지만 적은 나이도 아니기 때문이다.

돼지막에 모닥불 피우고
새끼 돼지 받는다
(…)
갓 낳은 새끼들, 어미젖 물려놓고
마당에 쌓인 눈 뽀드득 밟으며
문 열고 들어가면 아이들 웃음이 있고
따뜻한 아랫목이 있고

- 「설날 밤」 부분

근 일주일 잠 제대로 못 자고
새끼 받으랴 갓난 새끼 돌보랴
이리 뛰고 저리 뛰니
속 쓰리고 어지럽고 허리 아파
어미야, 제발 오늘은 잠 좀 자자 하면
밤 한 시에 떡하니 양수 터져요

- 「어느 변강쇠가」 부분

놀라면 구석으로 우당탕 몰리는 돼지들
살금살금 한 바퀴 돌아보고
이슬이 발목에 감기는 잔디밭을 지나
분만실에 가면
뿌리들이 땅 속 깊은 물을 끌어 올려
가지를 키우듯
어미돼지들, 새끼 불러 젖먹이는 소리
꿀꿀꿀꿀

-「고법농장 아침」 부분

땀 흘리며 일하는 사람이 아니면 아무도 쓸 수 없는 시들이다. 그리고 신은립 시인이 아니면 어느 누구도 쓸 수 없는 시들이다. 남의 흉내나 내는 시인은 죽었다가 수천 번을 태어나도 이런 시를 쓸 수가 없다. 그래서 신은립 시인은 시를 써야 하는 것이다.

세상은 일하는 사람의 것이다. 그래서 일하는 사람이 세상을 이끌어가야 한다. 일하지 않는 사람은 밥도 먹어서는 안 되며 시를 써서도 안 된다. 사람은 일을 하면서 살아야 죄를 적게 지을 수 있으며, 일을 하면서 시를 써야 사람 냄새 물씬 나는 시를 쓸 수 있다. 신은립 시인의 시집이 세상에 나올 수밖에 없는 까닭은 일하는 사람이 시를 썼기 때문이다. 일하는 사람은 가슴 속에 얼마나 하고 싶은 이야기가 많겠는가.

첫 번째 시집이나 다름없이 두 번째 시집에도 식구와 이웃들 이야기가 많다. 그리고 나무 한 그루, 벌레 한 마리, 바람

122

한 줄기, 흙 한 줌, 강아지 한 마리도 우리와 함께 살아가는
귀한 목숨이라는 걸 스스로 깨달으며 쓴 시들이 많다.

　　어미, 젖 주물러 눕히고
　　어린 생명 젖 먹는 모습 보며
　　죽은 새끼들에게 미안하다

　　누구 덕에
　　따스한 밥 먹고
　　누구 덕에 시를 쓸까?

-「누구 덕에」 부분

어미들에게 깔려 죽은 돼지새끼를 바라보며 "누구 덕에 /
따스한 밥 먹고 / 누구 덕에 시를 쓸까" 생각하는 시인의 마
음은 얼마나 아팠을까. 또 얼마나 슬프고 아름다우냐.

　　얼마 전 혼자 살던 할머니 먼길 떠나고
　　한 집 건너 빈 집
　　또 빈 집
　　새벽 안개 걷지 못한 고샅길 한참 걷다
　　집에 들어오면
　　나무 한 그루 키우고 싶다
　　목련나무나 동백나무 한 그루
　　창문에 걸어두고 말벗 삼고 싶다
　　나무라도 한 그루 이웃으로 맞아

123

니 오늘은 뭐했노
난 오늘 이런 일 했다
봄비가 왔으니
곧 감자 심어도 되겠제
어깨 토닥이며 살아야겠다

-「이웃」 전문

　사람이 하는 일 가운데 가장 소중한 일은 자연과 사람을 살리는 일이다. 사람은 태어나서 다시 돌아가는 날까지 자연과 사람한테 죄를 적게 짓고 살기 위해서 생각하고 또 생각하면서 살아야 한다. 인생은 단 한 번 왔다 가는 것이기 때문이다.

　농부는 자연과 사람을 살리는 사람이다. 다른 직업보다 더 소중한 까닭은 농부가 없으면 어느 누구도 살 수 없기 때문이다. 그래서 우리 농업과 농촌을 살리는 일은 농촌 사람들만 해야 할 일이 아니다. 나라와 종교와 모든 단체와 백성이 함께 나서야 하는 것이다.

　지금도 세계 곳곳에서 10억 남짓 인구가 굶주림에 허덕이고 있다. 그래서 강대국들은 식량을 무기로 삼기 위해 오래전부터 준비했다고 한다. 21세기는 핵전쟁보다 더 무서운 게 식량전쟁이다. 식량전쟁을 미리 막고 아름다운 우리 땅과 겨레를 살리기 위해서는 가족농(소농) 중심으로 소박한 삶을 살려는 사람이 늘어나야 한다. 다음 세대에 무엇을 물려줄

것인가? 그것이 자라나는 우리 아이들을 살릴 수도 있고 죽일 수도 있는 시대에 우리는 살고 있다.

죽음을 기다리는 노인들만 남아 있는 농촌, 젊은이들이 없는 우리 농촌은 이제 희망이 없다. 국가의 정원인 농촌이 사라지면 우리 모두의 미래가 사라지는 것인데도……. 절망뿐인 우리 농촌에 신은립 시인이 우뚝 서 있다. 땅을 버리지 못하고 한해 내내 비바람 견디며 나무처럼 서 있다.

신은립 시인은 책에서보다 숲에서 더 많은 것을 발견할 줄 알고 나무들과 돌들을 스승으로 모시고 사는 슬기로운 사람이다. 무슨 일을 하든, 어떤 지위에 있든, 또는 삶에서 무엇을 이루었든, 마음이 평화로운 시인이다. 나도 신은립 시인처럼 "나무 한 그루 키우고 싶다 / 목련나무나 동백나무 한 그루 / 창문에 걸어두고 말벗 삼고 싶다" 봄날, 무너져 내린 농촌 들녘에 서서…….

지게에 가득 담긴 짐을 갈무리출판사에 부려놓고
잠시 하늘을 바라봅니다

텅 빈 지게에
다시 시골길 조그만 꽃들이 담기고
사람 사는 얘기가 담기고
남편과 아이들 얘기가 담기겠지요

첫 시집 내놓으며 할 말이 많더니
두 번째 시집을 묶어놓고도 왜 이리
할 말이 많은지……
시인은 시를 쓰지 않으면 살 수 없다는
서정홍 선생님 말씀 고이 간직하며
언제나 매운 매를 안겨주시는 이응인 선생님과
문학회 벗님들, 모두 고맙습니다.

2005년 봄에
신은립

마이노리티시선 22

젖은 몸에서 김이 난다

지은이 신은림
펴낸이 장민성, 조정환
책임운영 신은주 편집부 최미정 마케팅 오정민
용지 화인페이퍼 인쇄·제본 한영문화사
펴낸곳 도서출판 갈무리 등록일 1994. 3. 3. 등록번호 제17-0161호
초판인쇄 2005년 3월 22일 초판발행 2005년 3월 30일

주소 서울 마포구 서교동 375-13호 성지빌딩 101호
전화 02-325-1485 팩스 02-325-1407
website http://galmuri.co.kr e-mail galmuri@galmuri.co.kr

ISBN 89-86114-78-X   04810 / 89-86114-26-7 (세트)

값 6,000원

★ 잘못 만들어진 책은 바꾸어 드립니다.